연애소설

전윤호

오비올프레스

自序

연애소설을 읽는 사람들도 안다. 세상에 달콤한 사랑은 없다는 걸. 이 모든 달콤함이 이별의 쓴맛을 가리기 위한 것이라는 걸. 그래도 연애소설을 읽는 건 자신의 슬픔을 확인하려는 습관 때문이다. 자꾸자꾸 확인하다가 결국은 자기가 연애소설을 쓰는 것이다. 그게 나의 삶이기도 하다.

2017.11

自序

시집 한 권을 내기 위해 많은 사람들을 번거롭게 했다. 최대한 어깨에
힘을 빼고 자연스럽게 쓰려고 노력했는데 유명을 달리한 사람들과 사
라진 풍경에 대한 얘기가 많다보니 좀 기운이 빠져보이기도 한다. 일
부러 기피해 왔던 사랑시를 써보라고 권해주신 김남조 시인께 감사드
리고 나를 시인이라고 여겨준 분들께 고마움을 전한다.

2005.08

연애소설

차례

연애소설

서른 아홉

사십이 되면
더 이상 투덜대지 않겠다
이제 세상 엉망인 이유에
내 책임도 있으니
나보다 어린 사람들에게
무조건 미안하다
아침이면 목 잘리는 꿈을 깨고
멍하니 생각한다
누가 나를 고발했을까
더 나빠지기 전에
거사 한 번 해보자던 일당들은 사라지고
나 혼자 남아
하루 세 시간 출퇴근하고
열두 시간 일하고
여섯 시간 자고
남은 세 시간으로
처자식을 보살핀다
혁명도 없이 지나가는 서른 아홉
지루하기도 하다

나무에게 사죄하다

먹고살기 위해 출판사에서 일했어요
십 년이 넘었지요
한 권이라도 더 팔리는 책을 내려고
하이에나처럼 저자와 독자를 괴롭혔어요
아들을 데리고
약수터에 물 뜨러 갔다가
참나무들이 베어져 넘어진 것을 보았어요
나무는 베어서 뭐해
뭐 종이도 만들고……
그동안 내가 벤 나무는 얼마나 많을까요
어쩌면 시베리아의 숲 하나가 사라진 건 아닐지
나무와 버섯과 사슴과 호랑이가
내가 만든 책 때문에 죽어간 것은 아닌지
이제 열세 살 난 아들 뒤로
참나무들이 노려보고 있는 것 같아
나도 모르게 고개를 숙이고 말았어요

블랙홀

나는 빛을 삼키는 자
별 하나 통째로 빨아들여
양분으로 삼지
내 속엔 그저 어둠
모든 것이 부서진 어둠뿐이야
반짝이며 떠 있는 널 발견하고
숨을 들이마셨는데
거의 다 잡은 듯했는데
결국 놓쳐버렸네
잘 가라 별이여
뒤돌아보지 말고
너는 아직 운이 좋아
다시 파랗게 빛나네
음침한 내 좌표를 기억하고
근방엔 얼씬도 하지 마
나는 우주를 파괴하는 자
기억도 영혼도 없지

까만 염소

- 임영조 시인께

삼대독자 몸보신 해준다고
친구 집에서 기르던 까만 염소
종일 강둑에 묶여
흐르는 강물 바라보며
제 운명을 곰곰이 생각하던 눈
목줄을 잡아당기면
당장 뿔 세워 달려들고
해거름에 집에 가자해도
내키지 않으면
주인 말도 무시하던 성미
세상 모든 것을 꼼꼼히 씹어대고
동글동글 소화해내던 낙천주의자
어느 날 목줄을 끊고 사라진 까만 염소
산 위로 난 발자국은 있어도
아래로 내려간 흔적은 없는
환하게 웃으면 귀엽던 얼굴
과로에 지친 하느님이
몸보신하려고 데려갔나

사직서 쓰는 아침

상기 본인은 일신상의 사정으로 인하여
이처럼 화창한 아침
사직코자 하오니
그간 볶아댄 정을 생각하여
재가해 주시기 바랍니다
머슴도 감정이 있어
걸핏하면 자해를 하고
산 채 잡혀먹기 싫은 심정에
마지막엔 사직서를 쓰는 법
오늘 오후부터는
배가 고프더라도
내 맘대로 떠들고
가고픈 곳으로 가려 하오니
평소처럼
돌대가리 같은 놈이라 생각하시고
뒤통수를 치진 말아주시기 바랍니다

잠수

어렸을 때
건너 마을로 가는
다리 밑에서
가장 깊은 곳을 골라
잠수를 하곤 했다
깊이 들어가기 위해
다이빙을 하면
검푸른 물빛은 조용하고
모래바닥은 무덤 같았다
눈이 쓰리고
귀가 먹먹한 것을 참으며
바닥에 돌을 하나씩 주워왔다
다른 세상에서 가져온
보물처럼 소중하게
서랍 속에 간직했다
이제 나이 들어
아침이면 차를 몰고 출근한다
막히는 강변도로를 지나
오늘의 주식 동향을 들으며 사무실에 이르러

다이빙을 한다
검푸른 물 속으로 들어가
인사를 하고
서류를 보고
전화를 받는다
서로 모르겠다는 표정으로
물방울을 뿜으며 대화를 하고
느릿느릿 웃고
밥을 먹는다
숨을 더 참기 어려워지는 저녁
사무실 문을 잠그고
다시 올라온다
집으로 돌아가는 길
젖은 사람들로
길은 막히고
축축한 밤
나는 물에 불은 빈손을 바라본다

사기

내가 일하는 동안

밤늦도록 귀가하지 못하는 동안

아내는 늙어가고

아이들은 자라난다

수입과 지출이 맞지 않는

장부를 들여다보는 동안

이웃집이 헐리고

단골 술집은 문을 닫고

늦장마가 지고

고향이 수몰된다

내가 소득도 없이 일하는 동안

노조가 파업하고

신문은 짖어대고

통장엔 잔고가 사라진다

이승엽이 56호 홈런을 치고

북한 응원단이 춤을 추고

화성이 육만 년 만에

지구 가까이 왔다고 하는 동안

밤늦도록 귀가하지 못하고

나는 일한다 내가 아는 건
놀면 안 된다는 것

월급쟁이의 시

나를 만나러 갔다
혼자 술 마시는 버릇은 여전했다
요즘도 한밤중에 그녀에게 전화를 할까
흰머리가 늘어 서로 어색했다
그는 시를 쓰고
나는 일을 한다
다르게 보이고 싶어서 수염을 기르고
뒷골목에서 사는 그는
내가 살이 쪘다고 불만이다
아직도 한밤에 사표를 쓰나
서로 대답하지 않는 질문을 하면서
빨간 사과 양초를 가운데 놓고
취하도록 마셨다
마지막 잔을 비우며 그가 말했다
나도 그만 취직할까
집으로 다 돌아와서야
술집에서 계산을 하다가
사직서를 흘린걸 알았다

분재

바람도 없이 잎 지는 아침
창밖의 마음이 무겁다
받지 않는 전화처럼 새가 울고
자물쇠를 찾지 못하는 열쇠 한 꾸러미
나는 내게 오래 잠겨있다
허겁지겁 삼킨 시간들이
녹슨 동전처럼 쌓이고
어쩌다 열리는 서랍 속엔
시 한 줄 온전하지 못하다
겨울마다 가지를 자르고
철사로 온몸을 묶어놓지만
수십 년 뒤틀린 나의 심사는
질그릇 화분을 넘어
내 이름이 불리지 않는 곳으로
떠나고 싶다

순장

아랫것이었다는 이유로
따라 죽는 팔자
천년 동안 어둠 속에서
꽃잎처럼 흩어진 유골들
억울한 기분은 들었을까
상전을 원망하기는 했을까
동료들이 출구를 막는 걸
당연하다 생각했을까
국회에서 신문사에서 청와대에서
제 무덤을 파는 상전들
잘못된 길인 줄 알면서도
끌려 다니는 우리는
도망칠 생각도 못하고
생매장을 운명이라 여기는
또 다른 순장자

도둑

도둑이 들었다
비 오는 밤
키보다 높은 창문을 열고
의자에 발자국을 남기며
사방을 뒤졌다
빈털터리라 생각한 나를
노리는 자가 있었다니
아직 내게 훔쳐갈 귀중품이 남아 있었다니
구석구석 방치한 물건들까지 정리하며
잃어버렸을 만한 것을 찾는다
따지고 보면
내 것이라 말할 수도 없는 장물들이
사방에서 튀어나온다
열쇠 하나만 믿고
내가 주인이라 생각하다니
가진 게 없다고
신세 한탄하면서
술 마시던 비 오는 밤
도둑을 맞았다

꽃샘추위

늘 그렇듯 이때쯤이면
추위가 한 번 기승을 부려도
사흘을 넘기지 못하는 법
느닷없는 한기에 떨다가
처음 듣는 노래가 입안에서 맴돌고
지금 막 첫 장을 넘긴 소설은
어디서 한 번쯤 읽은 듯한 이야기
거리를 가득 메운 시위대와
텔레비전에 나오는 정치인들조차
이미 당해본 아픔처럼
익숙한 풍경
나는 겹쳐 녹음된 테이프처럼
이미 실패한 누군가의 삶을 다시 사는 걸까
내가 쓰고 있는 시조차 이미
다른 이의 입에서 읊어진 듯한
두려움에
혼자 술집에서 침묵할 때
내 안을 떠도는 낯선 모습들
생각해보면 난

만주 오녀 산성 연못에서
말에게 물을 먹이던 병사이기도 하고
강화도에서 농성한 포수이기도 하며
경무대 앞에서 쓰러진 학생이기도 하다
지금 나를 괴롭히는 자들은
몽고군의 앞잡이로 내 집을 약탈하고
친구를 고문한 형사이기도하고
우리가 숨은 동굴로
기관총을 난사한 점령군이기도 했다
오래된 총상처럼 저린 소주를 마시고
난 생각한다
다시 쓰러지는 배역이라 해도
피할 수 없음을
언제나 먼저 사라지긴 하지만
내 뒤엔 봄이 한 발 더 따라오고 있음을

손톱

나 같은 얼간이에게
사랑은 손톱과 같아서
너무 자라면 불편해진다
밥을 먹다가도 잠을 자다가도
웃자란 손톱이 불편해 화가 난다
제 못난 탓에 괴로운 밤
죄 없는 사람과 이별을 결심한다
손톱깎이의 단호함처럼
철컥철컥 내 속을 깎는다
아무 데나 버려지는 기억들
나처럼 모자란 놈에게
사랑은 쌀처럼 꼭 필요한 게 아니어서
함부로 잘라버린 후
귀가 먹먹한 슬픔을 느끼고
손바닥 깊숙이 파고드는 아픔을 안다
다시 손톱이 자랄 때가 되면
외롭다고 생각할 것이다

연애소설

사내가 큰 거 한 건 노리고

헛 손질하는 동안

그녀는 책을 읽네

가난한 소녀가 자라서

아름다운 처녀가 되고

꿈을 잃지 않고 열심히 살다가

백마 탄 왕자를 만나는

연애소설은 행복하지

정리해고도 없고

부도난 어음도 없는

반드시 예정된 행운이 숨어 있는 세상은

예정된 행복한 결말처럼

교훈적이야

지금 눈앞에 닥친 어려움은 단지

둘의 사랑을 단단하게 만들려는 복선일 뿐

사내는 소주를 마시고

그녀는 책을 읽네

도중에 멈춘다 해도

끝이 궁금하진 않다네

염불

내 속엔 탑이 하나 있지

잘 생긴 삼층석탑

내 마음이 생겼을 때부터

그 자리에 있었어

탑이 상할까봐

조심조심 살았지

뾰족한 탑의 상륜부가

가슴을 쿡쿡 찌르면

하던 일도 즉시 멈췄어

나는 소실된 절간의 뜰이었는지 몰라

슬퍼지면 귓전에

긴 종소리가 울려

당신이 정말 나를 사랑한다면

내 속의 탑을 보아줘

두 손을 모으고

탑신에 새겨진 글들을 읽어 줘

당신의 나의 대웅전

나의 주지야

통나무

외로워
울고 있는 동안
또 한 여자 지나가네
들썩이는 내 어깨 바라보며
말없이 떠나가네
처마 밑에서
눈치로 살아온 날들
하루엔 언제나 겨울이 들어있고
매질하는 바람이 멈춘 적이 없었지
손을 들기도 전에
또 한 여자 지나가네
늘 그렇듯
내가 한심해
언제나 떠나가네
나는 여울에 걸린 통나무처럼
질질 울고 있네

물귀신

내가 먼저 빠졌다
만만하게 봤는데
목숨보다 깊었다
어차피 수영금지구역이었다
어설프게 손 내밀다
그도 빠진 건
누구의 탓도 아니었다
서로 나가기 위해서
발목을 잡아당겼다
나는 안다
숨이 막히고
심장이 부서지는 고통을
우리는 익사할 것이다
바닥에 즐비한
다른 연인들처럼
하지만 누가 뭐라 해도
내가 먼저 빠졌다

낯선 아침

너는 갇혔다. 내 속에서 볼 수 있는 건 한 만 년 고독했던 모래와 바람뿐. 나를 나가는 길은 나도 잃어버렸다. 이제 나는 너의 희망을 빨아먹는다. 네가 가진 모든 것, 비단과 향료들, 발자국이 쑥쑥 패는 의지까지 모두 압수하겠다. 가릴 수 없는 땡볕과 한밤의 추위, 선인장의 가시 같은 시간밖엔 줄게 없다. 말라버린 강줄기를 따라 울고 있는 사람이여. 할 수만 있다면 물 한 모금 얻을 데 없는 나를 부디 떠나라.

서울이 외롭다

사방이 막힌 네거리가 외롭고
건널목에 새끼고양이가 외롭고
붉은 신호등에 갇혀 바라만 보고 있는 사람들이 외롭다
잠보다 이른 알람이 울리는 시계를 머리맡에 두고
냉장고엔 먹다 남은 반찬 그릇 두엇
또 이별하는 꿈을 꾸면서 뒤척이다가
소스라치게 놀라 깨면
골목마다 불 켜진 집들이 외롭고
무덤처럼 불 꺼진 집들이 외롭다
지하철에는 가기 싫은 목적지가 가득 차고
종착역에 들어오는 전동차처럼
텅 빈 의자에 전등만 훤한 내 모습
가는 곳마다 X자를 한 교회들이 외롭고
대웅전만 화려한 절이 외롭고
하루를 못 넘기고 구겨지는 신문이 외롭고
내가 사랑하는 사람이 외롭다

흐린 사랑

먹구름이다 나는
무방비 상태의 너를 뒤덮는다
창문을 덜컹거리는 바람
개들이 짖어대고
모든 나들이는 취소된다
사방이 어두운 아침
잔뜩 웅크린 지붕들
손닿는 곳마다 묻어나는 그늘이
내가 주는 선물이다
멀리서부터 쿵쿵 천둥이 울리고
얼굴을 때리는 장대비가 쏟아지면
알게 될 것이다
네가 기대온 제방이 얼마나 위태로운지
편안하지 않은 나의 사랑은
떠난 뒤에야
무지개를 보여줄 것이다

후일담

한 대 맞고
뒤로 넘어지는 건 괜찮지만
앞으로 고꾸라지면 끝이야
맞아본 사람은 누구나 알지
열 셀 때까지
일어날 수 없다는 것을
왜 그렇게 쉽게 포기했냐고 묻지만
그들은 내가 넘어지는 모습을 보지 못했어
가벼운 한 방이
치명타가 된 거야
그녀의 단 한 마디
나도 몰랐어
다리가 풀리고
가진 것을 몽땅 건
시합을 포기하게 될 줄은

사랑이 식은 후

더 기다릴 수 없다는 듯 갑자기 이른 눈이 내리고 너와 나 사이의 대추야자숲이 마르기 시작했다. 창문을 덜컹이며 모래바람 불고, 집은 현실이 되고 있다. 밤이면 새어나오는 내 속의 파도소리. 흔들리는 흰 돛배. 나직이 구령 맞춰 노 젓는 소리. 이제 나는 미라가 된다. 말없는 사공들이 늘어선 배 한 척 오고 있다. 사랑하는 사람이여 우리는 그동안 헛되이 큰 사원만 지었구나. 살아 있는 자들은 진흙집에 사는데 우리는 싸늘한 설화석고 속에서 죽어가는구나. 이 지워져 가는 왕가의 골짜기에 무덤이 하나 더 늘고 천년의 이별이 빛나는구나.

빙산 위의 주막

사랑하는 사람이 떠난다기에
힘들면 언제든지 돌아오라 했다
그는 내가 무슨 고갯마루에 있는 주막이냐고 했지만
속으로 난 빙산을 생각했다
거대한 빙하로부터 떨어져 나와
어두운 바다를 떠도는 빙산
철새가 쉬어가고
떠나고 돌아오는 얼음 정수리
시간은 조금씩 바다를 데우고
나는 흐르며 녹아가리라
이별은 변기의 물 내리는 소리처럼
난폭하게 끝이 나지만
사랑하는 사람이 떠난다기에
힘들면 언제든지 돌아 오라 했다

북마크

재미있는 책을 골라서
무릎을 치며 읽다가
지켜야 할 약속이 있어서
도중에 일어나야 한다면
왜 아쉽지 않겠어
도중에 덮은 이야기에 마음에 쏠려
다른 일이 손에 잡히지 않는다면
만사 제쳐두고 돌아가
접은 곳을 펼쳐야 하지 않을까
읽히지 않은 전화번호부 같은 내 인생
몸을 십자로 묶인 채 종점으로
파지 트럭 짐칸에 실려 떠날 때
두고두고 결말을 못 본
그녀와의 이별이 아쉬운 이유

금강경 읽는 밤

내가 잠든 밤
골방에서 아내는 금강경을 쓴다
하루에 한 시간씩
말 안하고 생각 안하고
한 권을 온전히 다 베끼면
가족이 하는 일이 다 잘될 거라고
언제나 이유 없이 쫓기는 꿈을 꾸다가
놀라 깨면 머리맡 저쪽이 훤하다
컴퓨터를 켜놓고 잠든 아이와
창문을 두드리는 바람 속에서
경을 쓰는 손길에 눈발이 날리는 소리가 난다
잡념처럼 머나먼 자동차소리
책장을 넘길 때마다 풍경소리
나는 두렵다
아내는 나를 두고 세속을 벗어나려는가
아직 죄 없는 두 아이만 안고
범종에 새겨진 천녀처럼
비천한 나를 떠나려는가
나는 기울어진 탑처럼 금이 가다가

걱정마저 놓치고 까무륵 잠든다

초롱꽃

초등학교 때
할머니 제사를 지낸 새벽
아버지와 함께 재를 넘었다
안개 속에 휘파람 새 소리가 하도 좋아
금지된 질문을 했다
엄마는 어디 갔어요
아버지는 땅을 보며 걷다가
허리를 수그리고 말했다
이게 초롱꽃이다
밤길에 들고 다니던 초롱을 닮았지
아들을 데리고
아버지 제사를 보러 다니는 지금도 가끔 생각나는
심심풀이 화두

이력서 쓰는 밤

식구들이 잠들기를 기다려
조심스럽게 불을 켜고
이력서를 쓴다
아직 실직한 사실을 모르는 아내는
깊이 잠들고
은행의 잔고만큼
밤은 춥다
손을 꼽아야 제대로 찾아가는
지나온 날들
돌아보면 언제나 제자리인 삶도
참 많이 돌아다녔다
많은 사람을 만나고
많은 사람과 싸웠다
위 내용이 사실임을 증명한다고 도장을 찍으면서
나는 깨닫는다
한 장이 더 늘어난 이력서가
점점 내가 아님을

나는

십 년 동안 보라색 엑센트였다
1500시시 엔진으로 무리하며
180킬로로 달렸다
가끔 손을 봐야 했지만
가야 할 때 멈춘 적은 없다
사거리에서 신호 대기 중에
뒤통수를 받힌 적도 있고
비 오는 강변도로에서 울다가
남의 등을 친 적도 있지만
15만 킬로미터 동안
큰 후회는 없었다
차체의 상처 하나하나
그동안 지나온 골목 구석구석
모두 기억한다
엔진의 미세한 떨림과
신호를 위반한 열정적인 유턴들
나는 브레이크가 밀리는 삶을 살았다
이제 혹사당한 차를 보내며
마지막 기름을 넣는다

잘가 네 덕분에
불행하지 않았다

쌀

한 달에 한 번
아내는 쌀을 사러가자 한다
허리가 부실한 사람에게
20킬로를 혼자 들게 할 수 없어
할 수 없이 따라 나선다
한 번에 한 가마니를 들여놓는 건
둘 데가 없어 안 된다지만
나는 아내가
한 달치의 수업을 하려고
데려가는 것 같다
저마다 다른 상표를 달고
도열한 쌀 포대들을 보면
정신이 번쩍 난다
누구나 먹어야 하는 쌀도
포장이 좋아야 선택되는 것이다
가만히 있어도
네가 가장이 되는 게 아냐
아내가 가끔 굴욕적인 표정으로
밥을 짓는 이유를 알 것 같다

나는 쌀 포대를 번쩍 들어

손수레에 싣는다

삶의 무게가

그래도 이 정도면 적당하지 싶다

아들을 때렸다

아들을 때렸다
거짓말을 했다고
먼지떨이를 거꾸로 쥐고
눈을 보면 약해질까 봐
엎드려 뻗치게 하고
빈약한 엉덩이를 마구 때렸다
두들겨 맞아도
울지 않는 열세 살이
밥풀을 흘리고
국한 그릇도 제대로 못 비우는 어린것이
거짓말로 살아온 나를 비웃는 것 같아
나를 때렸던 사람들처럼
모질게 때렸다
이 세상에
내게 맞을 사람은 없다는 걸 아는
아내의 질린 얼굴이 무서웠다

달팽이

제 몸보다 무거운 짐들을
잔뜩 짊어진 여자
부모와 형제와 빚과 전세금까지
모두 떠맡은 여자
이 도시의 모서리를
위태롭게 걸어가면서도
불평 한 마디 없는
그늘이 편한 여자
내가 병에 가뒀는가 싶었는데
사라진 여자
차갑고 끈끈한 줄을 남기고
가슴을 지나간 여자
짐이 집인 여자
사랑한다 말하면
나마저 짐이 될 것 같은

투명인간

언제부턴가 아내가 보이지 않았다
아침이면 침대 위에 아이가 대자로 자고 있고
저녁이면 나와 아이가 밥을 먹는데
밥을 퍼주고 찌개를 만든 아내는 없다
거실에는 텔레비전이 켜져 있고
만화영화와 스포츠 중계가 나오는데
청구서가 쌓인 것을 보면서
그것을 가져다 놓은 사람은 생각나지 않는다
시력이 나빠진 것일까
말이 적어지고
얼굴 보는 일이 드물어지더니
나는 그녀를 잃어버린 것일까
신문을 보다가 문득 눈을 들면
집은 언제나 그대로이고
낮잠을 자는 휴일 꿈결처럼
청소기 돌리는 소리를 듣기도 한다
아내는 점점 투명해진 것일까
아니면 내가 지워진 것일까
자다가 깨어 우는 아이가

금세 안심하고 다시 잠드는 것을 보며
손을 내밀어 만져 보고 싶지만
어둠 속에 몸은 움직이지 않고
속절없이 식은땀만 흘리면서
나는 아내가 보고싶다

그녀가 아프다

눈도 없이 추운 겨울이 오고
집으로 가는 골목마다 컴컴한데
내미는 손마다 뿌리치지 못하는
귀가는 언제나 한밤중
보일러를 끈 집 안에 불 하나
문밖엔 도둑고양이를 위한 밥그릇
계단 앞에 흩어져
그녀를 기다리는
붉은 줄이 간 청구서와 추억들
사랑은 어렵다
상대보다 한 발 더 가까이 다가서는
그녀에게 사람들은 늘 비겁하다
뚜벅뚜벅 계단을 올라가는 뒷모습을 보면서
깨닫는다
나 때문에
그녀가 아프다

짧은 저녁

용산 역에서 노승을 만났다
바랑 대충 걸치고
낑낑대는 하얀 강아지를 안고 있었다
금부처 모신 듯
개의 눈에 염불을 했다
날이 저물고
어머니가 보고 싶었다

사랑에 빠진 악마
-아내에게

그러니 나와 거래하려면 먼저

남을 참지 못하는 이기심과

제 때 면도조차 않는 게으름을 견뎌야 해

잘난 거 하나 없는 주제에

가까이하면 찔리는 뾰족한 자존심과

너를 업신여기는 뻔뻔함까지

걸핏하면 제 감정에 취하고

사소한 우스갯소리에도 비위 상하며

제 앞가림도 못하면서

남들은 다 견디는 이 세상을

뒤집어엎을 궁리나 하는

언제나 그늘과 소수에 속하는 작자

어쩌다 시 한 줄 얻으면 기고만장하다가도

금세 지워 버리고

엄마라도 잃어버린 양 풀 죽는

열두 살에서 멈춘 아이

내가 거울로 봐도 이렇게 역겨운데

내 곁에 남다니

누가 봐도 손해보는 장사

하지만 그래도 좋다니

정말 바보 같군

이래서 나 같은 놈도 살아가는가 봐

아이가 우는 풍경

애비는 밑천이 달랑달랑한 주제에
끝발도 없는 패로 막판까지 버티는
서투른 노름꾼
울지 마라 아들아
내 호주머니엔
너를 달랠 게 아무것도 없구나
옥수수 밭에 소나기 내리고
감자 고랑은 넘치는데
에미는 어디서 또 한숨짓고 있는지
살아 있다는 것이 죄스러운 밤
덜렁거리는 문을 열고
나는 또 달아난다
출근을 할 때마다
어디서 들려오는 울음소리
거리마다 귀를 막은 애비들이
경적을 울린다

회의실의 유령

우리 회사에는 유령이 있다. 검은 양복을 입고 회색 넥타이를 맨 유령은 회사 사정이 어려울수록 회의실에 자주 나타난다. 지친 얼굴로 사람들이 회의를 하러 들어오면 유령도 그 어두운 회의 탁자의 한 자리를 차지하고 음산한 표정으로 외친다. "자 그럼 회의를 시작합시다" 사람들이 쭈볏쭈볏 말을 할 때 그는 사원들을 하나 하나 유심히 바라본다. 마치 졸고 있는 속마음까지 읽는 듯. 그리고 외친다. "어디 다른 의견 없나요?" 유령은 회의가 일찍 끝나는 것을 두려워한다. 회의는 그의 에너지원이다. 그래서 덧붙인다. "그런데 말이지요…" 살아있는 자들은 잠시 저승에 불려온 영혼처럼 불안하다. 회의는 서로 책임을 지지 않으려고 버티는 게임이다. 회의가 끝나고 진이 빠진 사람들이 사라진 뒤에 유령은 혼자 앉아 중얼거린다. "수고들 했어, 다음 회의 때 보자구"

절교

이제 내가 죽을 만큼 외롭다는 걸 아는 자는 없다
그대의 전화번호를 지우고 짐을 챙긴다
밖으로 통하는 문은 잠겼다 더 이상
좁은 내 속을 들키지 않을 것이다
한잔해야지
나처럼 보이는 게 전부인 사람들과
정치를 말하고 역사를 말하고 비난하면서
점점 길어지는 밤을 보내야지
한 재산 만들 능력은 없어도
식구들 밥은 굶지 않으니
뒤에서 손가락질 받지 않고
변변치 않은 자존심 상할 일도 없다
남들 앞에서 울지만 않는다면
나이 값하면서 늙어간다 칭찬 받고
단 둘이 만나자는 사람은 없어도
따돌림 당하는 일도 없겠지
멀 더 바래
그저 가끔 울적해지고
먼 산보며 혼잣말이나 할 테지

이제 내가 죽을 만큼 아프다는 걸 아는 자는 없다

부도

이제 알겠네 저 강을 건너지 못함을
부레처럼 부풀었던 희망은 사라지고
물살을 타기엔 너무 무거운 내 몸뚱이
모래톱에 주저앉아 바람맞다
미련 다 벗어버리고
차돌이 되네
여울부터 무리였던 일정
강이 험한 탓도 아니고
운이 없어서도 아님을
모른 것은 오직 나뿐
이제 알겠네 당신의 현명함을
빈 나루터에 선 내 어리석음을
장대비 내리고 홍수가 나면
강을 건너려했던 바보가 있었던 흔적은
아주 지워질 테니
그나마 다행이라네

검붉은 토마토

익혀서 먹으려고
파란 토마토를
냉장고에 넣어두었다
어느 날 문득 생각나 꺼내니
새빨갛게 익은 한쪽은
검게 썩어 있었다
나이 사십이 되니
조금 알 것 같다
제때 먹지 않으면
시간에게 먹힌다는 것을

무거운 책상

박달나무로 짠
앉은뱅이 책상
내가 태어나기도 전에
손가락 잘린 목수가 선물했다는
무거운 책상
이리 저리 구르다
초등학생이 된 내게
차례가 온 괴물
세 개의 서랍 속에
내 전 재산을 삼키고
결이 맞지 않으면
대못을 휘어놓던 완강함
자물쇠는 있으나
열쇠가 없던
어린 날
풀지 못했던 수많은 기호들
지금은 사라져 찾지 못하는
아버지의 유품 때문에
지금 내 삶은 너무 가볍다

고양이

　살다보면 결국 고양이를 만나는 것이다. 출근시간에 몰려 허둥거리며 뛰어갈 때 익숙한 표정으로 앞을 가로막는 고양이. 속을 빤히 들여다보는 눈. 내 안에 어둠이 빚어낸 마녀. 꼭 안으면 한없이 부드러운 육체. 고양이, 부르면 못 본 척 외면하고 사랑한다 말하면 손등을 할퀴는. 시궁쥐로 살아온 나는 새빨간 혀를 바라보면서 꼼짝도 하지 못한다. 내 목을 문 뺨의 따뜻함. 너 그때 왜 도망갔었니. 그래 그동안 행복했었니. 엎드려 두어 걸음 기다가 다시 잡히고 다시 방향을 바꿔 달아나는 결과가 뻔한 놀이. 고양이 내 모든 죄책감으로 키운 짐승. 내 눈이 닿지 않는 곳에서 나를 감시하는 쫑긋한 귀. 과거를 팽개치고 살아온 죄로 지금부터 나는 자유롭지 못할 것이다.

자판기

나는 썼다
당신이 틀렸다고
내가 아는 모든 지식이
그 사실을 증명한다고
저 혼자 배 부르려
여러 사람 괴롭히지 말라고
지금 성공했다고
내일도 행복한 건 아니라고
당신은 죽어도
온전히 잠들지 못하고
피해자들의 저주 속에 둥둥 떠다닐 거라고
하지만 자판기는 나를 불러내고
술을 퍼 먹이고
검열한다
등을 두드려주며
온순하게 사는 게 제일이라고
내 이름 아래
다른 글자를 박는다
다음날 아침이면

전혀 낯선 글들이
용비어천가처럼 나온다

방화범

지각한 월요일 아침
건널목에서 보았다
검은 연기가 하늘 위로 오르는 것을
회사쯤에 불이 난 것일까
내 책상과 서류와 전화기가
타닥타닥 소리를 내며 타고 있는 것일까
빨간 옷을 입은 소방관이
유리창을 깨고
컴컴한 사무실에
물줄기를 퍼붓고 있을까
꾸역꾸역 오르는 연기는
잔뜩 흐린 하늘 끝까지 이어지고
뒤에서 잠룡이 승천한다고 수군거렸다

조문

집 한 채 헐렸다
새벽부터 사내들 몇이
아름드리 나무부터 잘랐다
어깨 잘린 나무가 담 아래로 쓰러지면서
집은 숨을 거뒀다
하루 만에 벽이 헐리고
하루 만에 땅바닥이 파였다
부서진 벽돌은 트럭에 실려
말끔히 사라졌다 측량사가 빈 땅을 재고
금을 그었다
사흘이면 사라지는 집 한 채
전혀 다른 건물이 들어설 것이다
흔적 없이 떠난 자리가
존경스럽다

재즈

내 스네어는 어디로 갔지
쿵쿵 연주가 시작되고
이륙하는 폭격기
심벌즈는 또 어디로 갔지
달랑 스틱만 찾아들고
마음만 급해
베이스를 둥둥둥
아이 안은 사람들 이리저리 달리고
사이렌처럼 트럼펫이 울리는
불타오르는 바그다드카페
그녀가 떠났어요
저밖에 모르는 놈들에게 질렸대요
기타 리프가 들어가기 전에
덤덤이라도 두들겨야 할 텐데
사랑하지도 않으면서
이래라 저래라 하지 말래요
도대체 악보는 누가 치운 거야
검은 차도르 속에서
울어대는 여자들

이젠 피할 수 없는 내 차례
기총 소사처럼 바닥을 두들긴다
불탄 시신들 앞에서
노래는 누가 하지

몽촌토성

도성이 위태롭다
봉수대에 불길한 연기가 오르고
적의 대군이 온다는 흉흉한 소문
있는 자들은 이미 짐을 싸고
믿을 장수도 없고 군사도 없는
무방비의 아파트 단지 위
진창을 만드는 비가 내리고
깃대를 꺾는 바람이 분다
몽촌토성
백제의 기마 군단이 주둔하던 곳
아직 내일을 꿈꾸는 자들이
바람부리 성을 지나
하나 둘 모여드는 곳
망루에 불 지피고
큰북을 치면
취한 이무기 한 마리
해자에 머리 내밀고 으르렁거리는 곳
싸울 수 있는 사내로 태어나
가장 치욕스러운 일은

사는 곳을 지키지 못하는 것
비록 내 앞에 흔들리는 저 도시가
사라진 왕조의 마지막 수도가 된다해도
말 한 필 추슬러
한강을 바라보며
농성하고 싶다

탄핵
-노무현

저들이 나가라 한다
함께 견디며 살기 좁다고
어깨를 지우는 모래 바람 부는
강 건너로 등을 떠민다
갑옷도 없이 맨 앞에서 싸울 때
화살이 닿지 않는 언덕 위에서 서성대다가
돌아오는 행렬엔 말 타고 앞장서더니
성 밖에 버려진 자들의
모닥불이 별처럼 늘어나도
빗장을 걸어 잠근다
이렇게 하나둘 떠나면
자기들만 갇히게 되는 줄 모르는
높은 첨탑과 망루들
이제 저들을 성안에 가둔다
벽을 따라 깊은 해자를 파고
다리를 모두 끊어버릴 것이다
이 바보들
너희들은 모두 탄핵됐다

코끼리 지우개

어렸을 때 선물로 받은
주먹보다 큰 코끼리 지우개
분홍색 머리에
상아까지 달려 있던
모두가 부러워하던 보물
아끼고 아꼈지만
조금씩 모퉁이가 닳면서
귀가 사라지고 코가 사라지더니
나중엔 그냥 못생긴 지우개가 된
사방에 문대며 살다보면
점점 지워지는 내 모습
나도 코끼리 지우개처럼
조금씩 내 몸을 뜯어먹다가
언제 잃어버렸는지도 모르게
필통에서 사라질지 몰라

조시(弔詩)

― 육근영에게

내가 사는 세상은

사람이 부족한지

한 사람이 여러 번 출연한다

아버지는

아들로 다시 나오고

어머니가 아내로 바꿔 나타나는 건

흔한 일이고

어떤 여자는 내 인생에

서너 번 나타나면서

주로 딱지를 놓는 악역을 전담하기도 했다

오늘 내가 더듬거리는 말이

이미 몇 번 들어본 대사인지

당신의 부음을 전하던 친구는

이맛살을 찌푸린다

하지만 나는 안다

어제 폐암으로 죽었다는 당신이

곧 다른 배역으로

생글거리며 나타날 것을

그리곤 또 저만 옳다고

내게 우기며 괴롭힐 것을

버드나무가 있는 풍경

집과 강 사이
커다란 버드나무가
치렁치렁한 머리 풀고
샘을 안고 앉아 있다
목마른 아이들 맨발로 뛰어 다니고
밥 짓는 연기
이제 아버지가 없는 고향엔
샘이 막히고
아이들은 어른이 되었지만
내 마음에 살아 있는
버드나무 한 그루
깊이 잠들면
깨어나야 할 때라고
목을 간지럽힌다

도원(桃園) 일기

휴가 가는 친구를 내 고향으로 보내고
장대비 내려 종일 근심한다
갈아타는 기차를 놓치고
맨머리로 비 맞고 서 있는 건 아닌지
차편이 없으면 가스 넣으러 오는 택시를 잡으면 되는데
종일 비 내리고
강을 건너야 하는 민박집도 걱정이다
온순한 강도 바위에 거세게 부딪치면
코피 흘리며 흥분하는 법
술김에 잘못 나돌다가
산속에 며칠 갇힐 수도 있다
그곳에선 돌아가야 할 날짜가
아무 소용도 없이 연기된다
천둥번개가 치고
나는 깨닫는다
그곳은 내게나 편한 곳이라는 걸
누구에게나 열려 있지 않은
도원은 그래서 도원이라는 걸

봄감기

겨울은 지났어도
찬바람 부는 봄에는
늙은이는 병이 깊어지고
젊은 것들은 이별을 한다지
겨우내내 잘 견디다
이맘때쯤 걸리는 감기
기침이 떨어지지 않는다
하다하다 지쳐서
늑골이 땡기고
속에 묻어둔 나쁜 기억들까지도
화산재처럼 끌어올리는 재난
수시로 훌쩍이고
만사가 귀찮아지면서
구멍 속의 용암처럼 부글부글 끓다가
아무에게나 화를 내고
결국 제멋대로 흘러 넘친다
종래엔 어딘가 구석에 처박혀
볼품없는 바위가 되겠지
여전히 콜록콜록 기침하면

온몸에 여기저기 실금이 가고
넌 왜 떠났을까 되뇌이면서
조금씩 부스러지겠지
축축한 이끼가 자라나
얼굴을 가릴 때까지
열이 오르고
기침이 떨어지지 않겠지

이정표

집주인이 세를 올렸다
아이들 재우고
밤새 고민하다가
출근하는 새벽
안개 자욱한 자유로에서 보았다
졸린 차끼리 추돌 사고가 난
신도시 진입로 바로 다음 이정표
도원 5km
헛것을 본 걸까
고개 갸웃거리다 만나는
도원 10km
머리 위로 기러기 떼 나르고
시간에 쫓겨 과속을 한다
눈부신 햇살 속에
아무 일도 없다는 듯 다리가 막히는
월요일 아침

해설

익숙한 일상과 낯선 존재

박철화

(문학평론가)

1

전윤호의 시는 대립적인 두 세계 사이의 긴장을 딛고 서 있다. 하나가, 고향 혹은 유년이라면, 다른 하나는, 도시 또는 성년의 일상이다. 이러한 세계는 2001년에 출간한 그의 두번째 시집《순수의 시대》에서도 익히 본 것이다. 고향에서 순수한 유년을 보내며 성장하여, 마침내 도시로 와서 성년 이후의 삶을 누리는 적지 않은 경우를 떠올리면, 그의 시적 대상이 특별히 새로운 것이라고 할 수는 없다. 첫머리에 위치한 작품에서부터 그 점을 확인할 수 있다.

어렸을 때
건너 마을로 가는
다리 밑에서

가장 깊은 곳을 골라

잠수를 하곤 했다

깊이 들어가기 위해

다이빙을 하면

검푸른 물빛은 조용하고

모래바닥은 무덤 같았다

눈이 쓰리고

귀가 먹먹한 것을 참으며

바닥에 돌을 하나씩 주어왔다

다른 세상에서 가져온

보물처럼 소중하게

서랍 속에 간직했다

이제 나이 들어

아침이면 차를 몰고 출근한다

막히는 강변도로를 지나

오늘의 주식동향을 들으며 사무실에 이르러

다이빙을 한다

검푸른 물 속으로 들어가

인사를 하고

서류를 보고

전화를 받는다

서로 모르겠다는 표정으로

물방울을 뿜으며 대화를 하고

느릿느릿 웃고

밥을 먹는다

숨을 더 참기 어려워지는 저녁

사무실을 문을 잠그고

다시 올라온다

집으로 돌아가는 길

젖은 사람들로

길은 막히고

축축한 밤

나는 물에 불은 빈손을 바라본다

- 〈잠수〉 전체

앞의 15행까지 과거의 유년시절이 그려졌다면, "이제"로
부터 시작하는 뒤의 21행은 일상 속에 마모되어 가는 현재의
모습을 형상화한 것이다. 이 작품을 눈으로 쫓아 읽으면 우
리는 언뜻 김광규를 떠올리게 된다. 우리 시사(詩史)에서 순
수한 과거와 타락한 현재 사이의 대립을 누구보다도 집요하
게 다룬 시인이기 때문이다. 하지만 다시 이 작품을 소리 내
어 읽으면, 전윤호가 의식적으로든 무의식적으로든 김광규
의 영향으로부터 벗어나려 애쓰고 있음을 확인할 수 있다.

예를 들면, 김광규는 음운론(音韻論)적 분절과 의미론적
분절의 미세한 불일치를 통해 관습적 리듬의 함정을 지혜롭
게 비켜가면서 독자 혹은 청자(聽者)들의 주의력을 이끌어낸

다. 그리하여 대중의 순응적 안이함을 경계하며 일깨우는 것
이다.

벗어도 홀랑 벗어도
견딜 수 없이 덥기만 하던
지난 여름 우거진 나뭇잎들
온통 녹색으로 단조로웠지만
벌거벗은 몸뚱이 가려주었네
육신을 숨겨주었네
부끄러운 기억 저마다 간직한 채
그 많은 이파리들 하나씩 얼굴
붉히며 낙엽으로 떨어지는 가을
이제는 땀 흘린 몸뚱이조차
숨길 수 없네
옷 벗은 나무들 사이에서
부끄러운 곳 두 손으로 가리고 혼자서
찬 서리 맞게 되었네
코스모스마저 다 지기 전에
누군가 만날 수 있다면
눈발이 흩날리기 전에
편지라도 한 장 보낼 수 있다면
하지만 반겨줄 사람 아무도 없네
아버지는 오래 전에 돌아가셨고

가족들은 저마다 멀리 떠났고
풀벌레 울음소리만 남은 숲에서
나 혼자 서성대고 있네

- 김광규 〈가을 숲에서〉 전체

위의 시는 김광규적 특성을 잘 보여주고 있다. 모호한 데라고는 전혀 없는 시어들. 짧은 혼잣말 속에다 두 계절이나 되는 시간을 압축시킴으로써 하나의 이야기를 구성하는 방식. 회한이 여운으로 남는 마지막 맺음. 이러한 요소들이 전체적으로 "부끄러운 기억"의 부끄러움을 향해 자기성찰의 공간을 만들어낸다. 김광규의 시세계를 아는 독자에게는 어떻게 보면 조금 단조롭게 읽힐 수도 있다. 하지만 이 안에는 그 단조로움을 비트는 흥미로운 시적 자의식이 숨어 있다.

우선 처음 네 행. 의미의 차원에서 보자면 이것은 세 행으로 이루어져야 한다. 〈벗어도 홀랑 벗어도 / 견딜 수 없이 덥기만 하던 지난 여름 / 우거진 나뭇잎들 온통 녹색으로 단조로웠지만〉. 그런데 시인은 "지난 여름"을 아래 행으로 돌림으로써 "지난 여름 우거진 나뭇잎들"이라는 별도의 의미를 가진 구절을 만들어낸다. 두 개의 의미론적 어사를 충돌시킴으로써 독자는 '지난 여름'이라는 시간에 주목하게 된다. 음운론적 분절을 우선함으로써 의미론 차원의 일탈과 충돌로 시적 긴장을 만드는 예다.

다음은 일곱 번째 행부터 세 행. 의미의 차원에서 이번에는 네 행으로 적혔어야 한다. 〈부끄러운 기억 저마다 간직한 채 / 그 많은 이파리들 / 하나씩 얼굴 붉히며 / 낙엽으로 떨어지는 가을〉. 세 행으로 만들려면 두 번째와 세 번째를 하나로 합치는 것이 자연스럽다. 즉 〈그 많은 이파리들 하나씩 얼굴 붉히며〉처럼. 그런데 의미의 단위를 나누어 놓음으로써 여러 겹의 울림을 만들어내는 것이다. "붉히며"는 단풍의 색채를 연상시키면서 '가을'이라는 시제에 가 닿는다. 이것 역시 음운론적 분절에 기울어짐으로써 의미론적 불균형을 의도하여 독자의 집중을 요구하는 시적 개입이다. 그리하여 '지난 여름'으로부터 '가을'에 이르는 시간에 밀도를 부여한다.

그런데 이에 비해 전윤호는 음운론과 의미론 사이의 충돌을 시도하지 않는다. 그의 리듬은 빠르고 자연스럽다. 그런 점에서 김광규가 주지(主知)적이라면, 전윤호는 서정적이다.

하지만 지나치게 자연스런 리듬은 독자의 주의를 끌어들이는 데 장애가 될 수도 있다. 그래서 전윤호는 위에 인용한 작품에서 의도적으로 18번째 행을 길게 늘인다. 전체적인 리듬과 조화를 이루려면 이 행은 "오늘의 주식 동향을 들으며"와 "사무실에 이르러"로 나뉘어야 한다. 하지만 그렇게 하지 않고 둘을 하나로 모음으로써 독자의 집중을 다시 한번 요청하는 것이다. 이런 점은 마지막 행에서도 약하게 볼수 있다. 물론 이 행은 의미론적으로 하나일 수 있는데, 음운론적으로 보자면 조금 길다. 그래서 "바라본다"를 따로 행

갈이하며 마감할 수도 있으나, 전윤호는 그 길이를 그대로 가져감으로써 다시 한 번 독자에게 끝까지 이 작품을 주의를 기울여 바라보도록 긴장을 유발시킨다. 18번째와 마지막의 이 두 행이 짧지 않은 이 작품에다 리듬의 변화와 함께 시적 긴장을 발생시키는 것이다.

나는 이것을 전윤호라는 서정시인의 미학적 개입이라고 생각한다. 그리고 이러한 리듬 감각이야말로 그의 개성을 이룬다고 말하고 싶다. 같은 서정시인으로 그의 선배인 임영조의 리듬과 비교해보면 더욱 뚜렷할 것이다.

어딘가에 떨어뜨린 단추처럼
어딘가에 깜박 놓고 온 우산처럼
도무지 기억이 먼 유실물 하나
찾지 못해 몸보다 마음 바쁜 날
우연히 노들나루 지나다 보네
다잡아도 놓치는 게 세월이라고
절레절레 연둣빛 바람 터는 봄버들
그 머리채 끌고 가는 강물을 보네
저 도도하게 흐르는 푸른 물살도
갈수록 느는 건 삶에 지친 겹주름
볕에 보면 물비늘로 반짝이는 책
낙장없이 펼쳐지는 大藏經이네
어느 한 대목만 읽어도 아하!

내 생의 유실물이 모두 보이고
어영부영 지나온 산과 들이 보이네
내 마음속 빈터에 몰래 심어둔
홀씨 하나 싹트는지 궁금한 봄날
거룻배 노 저어가 찾고 싶은 날
오던 길 새삼 뒤돌아보면 이런!
나는 너무 멀리 와 있네.

　　　　　　　　　- 임영조 〈너무 멀리 와 있네〉 전체

　　임영조의 리듬에는 변화가 없다. 위의 예에서 보듯이 그
의 노래는 너무 잘 다듬어져 오히려 좀 밋밋할 정도다. 하지
만 그럼에도 불구하고 임영조는 리듬에 관한 한 변화의 파격
을 거부한다. 이 역시 한 시인의 개성일 것이다.

　　어쨌거나 전윤호에게 있어 리듬이 그의 시적 개성을 이
루는 중요한 요소라는 점은 다음과 같은 작품에서도 확인할
수 있다.

내가 일하는 동안
밤늦도록 귀가하지 못하는 동안
아내는 늙어가고
아이들은 자라난다
수입과 지출이 맞지 않는
장부를 들여다보는 동안

이웃집이 헐리고

단골 술집은 문을 닫고

늦장마가 지고

고향이 수몰된다

내가 소득도 없이 일하는 동안

노조가 파업하고

신문은 짖어대고

통장엔 잔고가 사라진다

이승엽이 56호 홈런을 치고

북한 응원단이 춤을 추고

화성이 육만 년 만에

지구 가까이 왔다고 하는 동안

밤늦도록 귀가하지 못하고

나는 일한다 내가 아는 건

놀면 안 된다는 것

－〈사기〉 전체

여기서 전윤호는 조금 길게 이어진다 싶은 시구의 끝을
어김없이 "동안"으로 맺음으로써 속도감과 함께 반복의 리
듬을 빚어내고 있다. 이런 점은 다른 작품에서도 자주 발견
할 수 있는 것이다. 또 이 작품의 마지막 두 행의 경우, 산문
적 기준을 따르면, 앞의 행의 끝은 '것은'이 돼야 한다. 하
지만 그럴 경우, 바로 다음 행의 "것"과 바로 겹치는 곤란한

현상이 일어난다. 게다가 리듬이 늘어진다. 함축적으로 맺기 위해서는 시적 통사의 파격으로서, 구어체 표현인 "건"을 쓰지 않을 수 없는 것이다. 이처럼 이야기가 있는 산문적인 시적 대상을 운문의 리듬으로 바꾸는 데에서 그의 시적 재능은 빛을 발한다. 결론적으로 전윤호의 시에 있어 리듬은 대단히 중요한 자리를 차지한다. 그 리듬을 통하여 어떻게 보면 익숙한 세계일 수도 있는 시적 대상이 전윤호만의 색깔로 그려지는 것이다.

그런 리듬과 함께 이번 시집에서는 유독 나이에 대한 자의식이 두드러진다.

사십이 되면
더 이상 투덜대지 않겠다
이제 세상 엉망인 이유에
내 책임도 있으니
나보다 어린 사람들에게
무조건 미안하다
아침이면 목 잘리는 꿈을 깨고
멍하니 생각한다
누가 나를 고발했을까
더 나빠지기 전에
거사 한 번 해보자면 일당들은 사라지고
나 혼자 남아

하루 세 시간 출퇴근하고

열두 시간 일하고

여섯 시간 자고

남은 세 시간으로

처자식을 보살핀다

혁명도 없이 지나가는 서른 아홉

지루하기도 하다

– 〈서른 아홉〉 전체

나이 사십이 되니

조금 알 것 같다

제때 먹지 않으면

시간에게 먹힌다는 것을

–〈검붉은 토마토〉 부분

　그것은 실제로 그가 나이 마흔의 중년에 접어들었다는 사실에서 비롯한다. 바꿔 말하면, 더 이상 '순수의 시대'에 머물러 있을 수 없다는 것이다. 2,30대의 젊음이 이상과 열정으로 요약되는 순수의 시대라면, 40대 이후의 중년은 비록 타락은 아닐지라도 세계의 폭력과 죄악으로부터 무관할 수 없는 죄의식의 시대에 속한다. "세상 엉망인 이유에 / 내 책임도 있으니" '사죄' 할 수밖에 없는 것이다. 그래서 자주 울며, 자신과 화해를 하지 못하기에 외롭다. 그러한 자신으로부터도 "떠나고 싶다"고 말한다.

오늘 오후부터는

배가 고프더라도

내 맘대로 떠들고

가고픈 곳으로 가려 하오니

- 〈사직서 쓰는 아침〉 부분

살아 있다는 것이 죄스러운 밤

덜렁거리는 문을 열고

나는 또 달아난다

출근을 할 때마다

어디서 들려오는 울음소리

거리마다 귀를 막은 애비들이

경적을 울린다

- 〈아이가 우는 풍경〉 부분

하지만 그만큼 또 떠날 수 없다는 것을 안다. "애비"로서 책임을 져야 할 가족이 있는 것이 그 한 이유이지만, 또 한편으로는 멀리 가도 달라질 수 없다는 것을 안다. 세속에 파묻히는 일이 두려우면서도, 그것의 바깥에 별다른 출구가 없다는 것을 이미 알아버린 것이다. 마치 "도망칠 생각도 못하고 / 생매장을 운명이라 여기는 / 또 다른 순장자"처럼. 그래서

가고 싶으면서도 가지 못하고, 오히려 떠나려는 사람들을 두
려워하게 된다. 나는 일상 속의 존재이기 때문이다.

나는 두렵다
아내는 나를 두고 세속을 벗어나려는가
아직 죄 없는 두 아이만 안고
범종에 새겨진 천녀처럼
비천한 나를 떠나려는가
나는 기울어진 탑처럼 금이 가다가 걱정마저 놓치고
까무룩 잠든다
— 〈금강경 읽는 밤〉 부분

"남들은 다 견디는 이 세상을 / 뒤집어엎을 궁리나 하는"
나와, 지금의 '비천한 나' 사이의 이 거리. 바로 이 낭만주
의와 현실주의 사이에 마흔 살의 시인의 존재가 얹혀 있고,
그의 시가 또 자리 잡고 있다. 물론 젊은 날의 '순수한 시
대'는 행복했다. 그리고 굳이 말하자면, "열두 살에서 멈춘
아이"인 그는 이 순수의 시대에 계속해서 있고 싶다.

엔진의 미세한 떨림과
신호를 위반한 열정적인 유턴들
나는 브레이크가 밀리는 삶을 살았다
이제 혹사당한 차를 보내며

마지막 기름을 넣는다

잘 가 네 덕분에

불행하지 않았다

- 〈나는〉 부분

　하지만 청춘의 자동차를 폐차시키듯이 이제 그 시대와
결별을 해야 하는 것이다. 외로움과 울음과 눈물은 거기서
나온다. "사랑한다 말하면 / 나마저 짐이 될 것 같은" 사내,
"눈을 보면 약해질까 봐 / 엎드려 뻗치게 하고 / 빈약한 엉덩
이를", 아들의 엉덩이를 때리며 "이 세상에 / 내게 맞을 사
람이 없다는 걸 아는 / 아내의 질린 얼굴이 무서웠다"고 말
하는 중년의 사내, 사직서와 사직서 사이에서 "지워지는"
그 사내의 존재와 맞닥뜨려야 하는 것이다. 자신의 "안을 떠
도는 낯선 모습들"을 발견하는 것도 그런 이유에서이다.

이미 당해본 아픔처럼

익숙한 풍경

나는 겹쳐 녹음된 테이프처럼

이미 실패한 누군가의 삶을 다시 사는 걸까

내가 쓰고 있는 시조차 이미

다른 이의 입에서 읊어진 듯한

두려움에

혼자 술집에서 침묵할 때

내 안을 떠도는 낯선 모습들

- 〈꽃샘추위〉 부분

전윤호가 이제 그려야 하는 것은 바로 그 모습들이다. 이
익숙한 일상 속에서, 모든 것이 지루해지는 나날의 삶 속에
서, 그래도 마지막까지 지워지지 않을 '낯선 모습들' 말이
다. 그럴 때, 그는 비로소 중년이 성숙한 시인이 될 것이다.
"이별은 변기의 물 내리는 소리처럼 / 난폭하게 끝이 나지만
/ 사랑하는 사람이 떠난다기에 / 힘들면 언제든지 돌아오라
했다"는 이 순수한 존재가 부디 그런 성숙한 시인이 되기를
나는 바란다.

2

전윤호는 내 고등학교 동기생이다. 1981년과 82년의 저
거지 같은 입시생 생활을 나는 그와 같은 교실에서 보냈다.
문예반이 전통이 아주 강했던 그 학교에서 그는 이미 주목
받는 고교 시인이었고, 나는 평범한 학생이었다. 당시 교지
에 실린 그의 시는 명료한 시어, 군더더기 없는 전개, 묵직한
주제 의식으로 우리 학교를 뛰어 넘어 바깥까지 알려질 정
도였다. 철거민촌의 이주 통지서가 등장하는 그 시에서 윤호
는 고등학생답지 않은, 사회에 대한 성숙한 시선을 보여주었
다. 그의 시가 리얼리즘의 자장 속에 있었다는 것은 물론 훨
씬 나중에야 알았다. 하지만 그런 문학적 편 가르기를 떠나

서 그의 시는 사회에 대한 인식이 거의 전무한 고교생들에게도 어떤 먹먹한 감동을 안길 정도로 뛰어난 것이었다. 덩치는 산만하고 움직임이 거친 데다 기운까지 넘쳐서 함께 놀던 친구들에게 수시로 치명적(?) 부상을 입히는 바람에 별명이 '해적'이었던 그에게 어떻게 그런 섬세한 감수성과 폭 넓은 관찰력이 있었는지 지금도 의아하다.

어쨌거나 그런 윤호가 서울로 대학을 진학하면서 전공을 사학으로 택한 것은 또 하나의 의문거리였다. 당연히 국문과나 철학과로 진학하지 않을까 생각했기 때문이다. 그래서였을까? 그 뒤로 한 동안 우리는 같은 서울 하늘 아래서도 서로 보지를 못했다. 아마 내가 대학 생활 내내 몸이 많이 불편했던 것도 커다란 이유 가운데 하나였을 것이다.

윤호와 연락이 다시 닿은 것은, 내가 유학을 떠나기 직전, 그러니까 윤호가 시인으로 등단한 1991년의 어느 날이다. 얼굴을 마주본 것도 아니고, 단지 전화 목소리를 통해 나는 그가 마침내 시인이 되었다는 소식을 들었다. 그보다 두어 해 앞서 나는 평론으로 문단에 나왔지만, 당연하게도 나는 윤호를 단 한번도 내 후배라고 생각하지 않았다. 내 안에서 그는 훨씬 이전부터 나의 선배 시인이었기 때문이다.

그런 윤호를 그래도 아주 가끔 보게 된 것은, 내가 6년의 유학 생활을 마치고 돌아온 90년대 후반이었다. 만날 때마다 직장이 달라진, '사직서 쓰는 아침'이 특기가 되어 버린 이 친구 때문에 당황하기도 했지만, 나는 그의 사직이 대부분

시 때문이었다는 점을 지금은 안다. 시인으로서의 자존심 때문에 그는 수시로 온 가족의 생계가 걸린 위험을 기꺼이 감수했던 것이다. 윤호는 역시 나보다 윗길인 선배 시인이다.

그런 그에게서 2001년에 서명을 한 두번째 시집《순수의 시대》를 받았을 때, 나는 기뻤다. 이제야 이 친구가 나를 문인으로 인정하는구나, 하는 생각이 들었기 때문이다. 윤호야, 맞냐? 그러더니 아예 나를 해설자로 못을 박아 청탁을 하였다. 그것이 지난 초가을의 일이다. 그런데 계절을 세 번이나 넘기고서야 이제 보잘 것 없는 글을 넘겨주게 되었다. 친구야, 너무 미워하지 마라! 그런 나는 얼마나 속이 탔겠니?

어쨌든 기쁘다. 다른 무엇보다 윤호의 시를 좋아한다는 고백을 할 수 있어서 말이다. 이 순진한 친구의 시를.

남들은 다 견디는 이 세상을

뒤집어엎을 궁리나 하는

언제나 그늘과 소수에 속하는 작가

어쩌다 시 한줄 얻으면 기고만장하다가도

금세 지워버리고

엄마라도 잃어버린 양 풀 죽는

열두 살에서 멈춘 아이

            – 〈사랑에 빠진 악마〉 부분

그런 자신을 "부디 떠나라"고 말하는 그의 외로움과 절

망과 그것 속에 감추어진 '오만한 겸손' 을 사랑하기 때문이
다.

　　너는 갇혔다. 내 속에서 볼 수 있는 건 한 만 년 고독했던
모래와 바람뿐. 나를 나가는 길은 나도 잃어버렸다. 이제 나
는 너의 희망을 빨아먹는다. 네가 가진 모든 것, 비단과 향료
들, 발자국이 쑥쑥 패는 의지까지 모두 압수하겠다. 가릴 수
없는 땡볕과 한밤의 추위, 선인장의 가시 같은 시간밖에 줄
게 없다. 말라버린 강줄기를 따라 울고 있는 사람이여. 할 수
만 있다면 물 한 모금 얻을 데 없는 나를 부디 떠나라.

– 〈낯선 아침〉 전체

연애소설

2017년 11월 04일 초판 1쇄 인쇄
2017년 11월 10일 초판 1쇄 발행

———

지은이   전윤호
펴낸이   강송숙
디자인   더블유코퍼레이션, 나니
인 쇄   더블유코퍼레이션
펴낸곳   오비올프레스

———

ISBN 979-11-959218-4-3

———

출판등록   2016년 9월 29일 제 419-2016-000023호
주소   강원도 원주시 무실새골길 52
전자우편   oballpress@gmail.com

이 도서의 국립중앙도서관 출판예정도서목록(CIP)은 서지정보유통지원시스템 홈페이지(http://seoji.nl.go.kr)와
국가자료공동목록시스템(http://www.nl.go.kr/kolisnet)에서 이용하실 수 있습니다. (CIP제어번호 : CIP2017024413)